El viaje
de Juanito
Pierdedías

Rodari, Gianni, 1920-1980
    Juanito Pierdedías / Gianni Rodari ; ilustradora Valeria Petrone ;
traductora Angelina Gatell. -- Bogotá : Grupo Editorial Norma, 2009.
    32 p. : il. ; 28 cm. -- (Buenas noches)
    Título original : I viaggi di Govannino Perogiorno
    ISBN 978-958-45-1670-1
    1. Cuentos infantiles italianos 2. Planetas - Cuentos infantiles
3. Viajes - Cuentos infantiles 4. Historias de aventuras 5. Rimas
infantiles italianas 6. Libros ilustrados para niños I. Petrone, Valeria, il.
II. Gatell Comas, Angelina, 1926-   , tr. III. Tít. IV. Serie.
I853.91 cd 21 ed.
A1239398

        CEP-Banco de la República-Biblioteca Luis Ángel Arango

Título original en italiano:
I Viaggi di Giovannino Perogiorno de Gianni Rodari
Publicado originalmente en Italia por Edizioni EL, 1995
Copyright de los textos © Gianni Rodari, 1973
Copyright de las ilustraciones © Valeria Petrone, 1995

ISBN 978-958-45-1670-1

Primera edición, febrero de 2010

Impreso por Cargraphics, S.A. de C.V.
Impreso en México - *Printed in Mexico*
Primera impresión México, abril 2011

www.librerianorma.com

Adaptación de María Villa Largacha,
realizada a partir de la traducción al castellano de Angelina Gatell, publi-
cada por La Galera Editorial, Barcelona (www.lagalera.cat).
© La Galera SAU Editorial 1988 por la traducción al castellano.

Diagramación y armada: Paula Andrea Gutiérrez Roldán
CC 26000059
EAN 9789584516670

El viaje de Juanito Pierdedías

Gianni Rodari
Ilustraciones de Valeria Petrone

**GRUPO
EDITORIAL
norma**

Barcelona, Bogotá, Buenos Aires, Caracas, Guatemala,
Lima, México, Miami, Panamá, Quito, San José, San Juan,
San Salvador, Santiago de Chile.

Los hombres de azúcar

Juanito Pierdedías
en su helicóptero voló,
y en el país de azúcar
de repente aterrizó.

La gente blanca y bella
del dulcísimo país
a punta de cucharaditas
se podía medir.

Sus nombres eran dulces,
Caramelo o Bombón,
y su rey se llamaba
Don Glucoso Dulzón.

También la geografía
era allí empalagosa,
estaba el Monte Vainilla
y la Ciudad de Sacarosa.

Comían pan de miel,
con agua acaramelada
y echaban azúcar
incluso a la ensalada.

—¿No hay ni pizca de sal
para la calabaza?
Entonces yo me voy,
¡este país me cansa!

El planeta de chocolate

Juanito Pierdedías
a toda máquina parte,
y llega sin pensarlo
al mundo de chocolate.

De chocolate eran las calles
las casas, los árboles y trenes;
las plantas, hoja por hoja,
y las flores en los andenes.

De chocolate eran los montes
que escalar nadie podía,
porque antes de lograrlo
la cima se comían.

De chocolate eran también
pupitres, libros y plumas...
Los niños se zampaban
las restas y las sumas.

Para decirlo en breve:
en este lugar tan raro
incluso sabía dulce
el chocolate amargo.

Juanito pasó un mes
nadando en un pailón.
Si no salía aprisa
acabaría en bombón.

—Así que adiós, señores,
disculpen que me vaya,
pero temo convertirme
en un huevo de pascua.

Los hombres de jabón

Juanito Pierdedías
viajando en un galeón,
terminó en el país
de los hombres de jabón.

Todos los habitantes,
mayores y menores,
dejaban a su paso
agradables olores.

Las palabras que decían
eran pompas de jabón:
les salían de la boca
y bailaban bajo el sol.

Si el padre regañaba al niño
botaba burbujas sin fin;
y hacía pompas el profe
en la clase de latín.

Por doquier en las casas,
en las calles a cada momento,
millones de burbujas
echaban a volar al viento.

El viento las hacía estallar
sin hacer el menor ruido.
¡Cuántas bellas palabras
perdidas en el olvido!

Los hombres de hielo

Juanito Pierdedías,
a la deriva en el cielo,
fue a parar al país
de los hombres de hielo.

Vivían en neveras
con el agua mineral,
con la leche y la carne
y el caldo vegetal.

—¡Cierra, cierra en seguida!
—decían si uno abría—.
Si entra el calor,
dañarnos el cerebro podría.

–¿No toman nunca el sol?
–preguntó Juanito con tacto.
–¿El sol? ¿Te has vuelto loco?
¡Nos desharía en el acto!

–¿Y tienen corazón,
en ese pecho helado?
–Estaba muy caliente,
lo hemos eliminado.

"Un pueblo bajo cero...",
se dijo en un suspiro,
"se me hielan las orejas,
con solo haber venido".

Los hombres de hule

Juanito Pierdedías
cabalgando tomó rumbo
y fue a dar al país
más elástico del mundo.

Era un país flexible
acrobático, voluble.
Era justo el país
de los hombres de hule.

Las gentes por las calles,
en todas direcciones,
saltaban y rodaban
lo mismo que balones.

Caían, rebotaban
sin daño y sin temor
de que un golpe contra un muro
les causara algún dolor.

Caían, rebotaban,
de goma eran sus pies,
manos, nariz y ombligo,
pero esto no convencía
a nuestro pequeño amigo.

–¿Y en la cabeza qué tienen?
–Está desocupada.
–¿Cómo hacen para pensar?
–¡No pensamos para nada!

"Hay que reconocerlo:
el país es una belleza;
¡pero solo para el sombrero
usan aquí la cabeza!".

El planeta nuboso

Juanito Pierdedías,
con un tiempo muy lluvioso,
descendió de una astronave
sobre el planeta nuboso.

Todo era gris y oscuro.
¡Qué cosa más extraña!
Eran nubes los árboles
y nubes las montañas.

Había ciudades de nube
y hombres de nubarrones;
de sus caras oscuras
salían truenos y chaparrones.

Por las calles corrían
mil nubes inquietas:
las nubes automóviles
y las nubes bicicletas.

Había nubes gatunas
correteando por los techos
a las nubes ratones
que escapaban muy maltrechos.

A Juanito le aburría
tanta nubosidad
y huyó en dirección al sol,
tres galaxias más allá.

El planeta melancólico

Juanito Pierdedías,
en un viaje supersónico,
llegó a plena capital
del planeta melancólico.

Aunque el día era cálido
y en el cielo el sol brillaba,
toda la gente en la calle
caminaba acongojada.

Se decían: —¡Ay, qué pena!
El buen clima no durará...
¡Falta ver el aguacero
que mañana caerá!

Y aún cuando la comida
era barata y muy buena
la gente murmuraba:
—¡Qué lástima! ¡Qué pena!...

Pregonaban: –Ya se sabe:
¡A lo bueno sigue lo malo,
lo que hoy está tan rico
mañana será feo y caro!

Si a alguno en la escuela
le daban un diez con mérito
en seguida sollozaba:
–¡Mañana sacaré un cero!

"¡Qué pesimistas estos!", se dijo.
"¡No puede ser!...
En un mundo sin esperanzas
no quiero permanecer".

El planeta más pequeño

Juanito Pierdedías,
viajando como en sueños,
llegó sin proponérselo
al planeta más pequeño.

Llamarlo "planeta"
sería muy exagerado.
Era solo un minimundo
minúsculo y menguado.

Todo era "mini" por allí:
minimontes, mares mini.
En ciudades microscópicas
ciudadanos pequeñines.

Pero si te fijas mejor
el misterio descubrirás:
¡son todos unos niños
que no crecerán jamás!

De cómo es crecer
no quieren ni enterarse.
Así son ellos felices,
y así quieren quedarse.

—Los mayores no tienen
ni jardines ni cuentos.
Tienen feos pensamientos
por docenas, por cientos.

—Estamos bien así,
sin más preocupaciones.
Juanito dijo entonces:
—¡Me marcho, cobardones!

Los hombres Más

Juanito Pierdedías
andando adelante y atrás,
llegó a un país en donde
cada hombre es lo más.

Hasta el último habitante
de esta extraña ciudad
es campeón mundial
de alguna especialidad.

El alcalde, por ejemplo,
es el hombre más delgado;
y hay también el más fuerte
el más débil y el más abultado.

El más rico vive allí.
Y no es raro que al ladito
viva justo el más pobre,
con su hijo el pobrecito.

Está el hombre más duro,
construido con granito;
el más veloz, el más alto
y también el más bajito.

¿Y el más bueno de todos,
se encuentra por estos lares?
Es tan bueno, tan bueno,
que ni él mismo lo sabe.

Los hombres de papel

Juanito Pierdedías
puso su auto a correr,
y llegó al país lejano
de los hombres de papel.

Muchos eran a rayas
otros cuadriculados,
porque los hacían con hojas
de cuadernos recortados.

Al más fuerte de todos
lo hicieron de cartón.
Llevaba un gran letrero
que anunciaba: "Campeón".

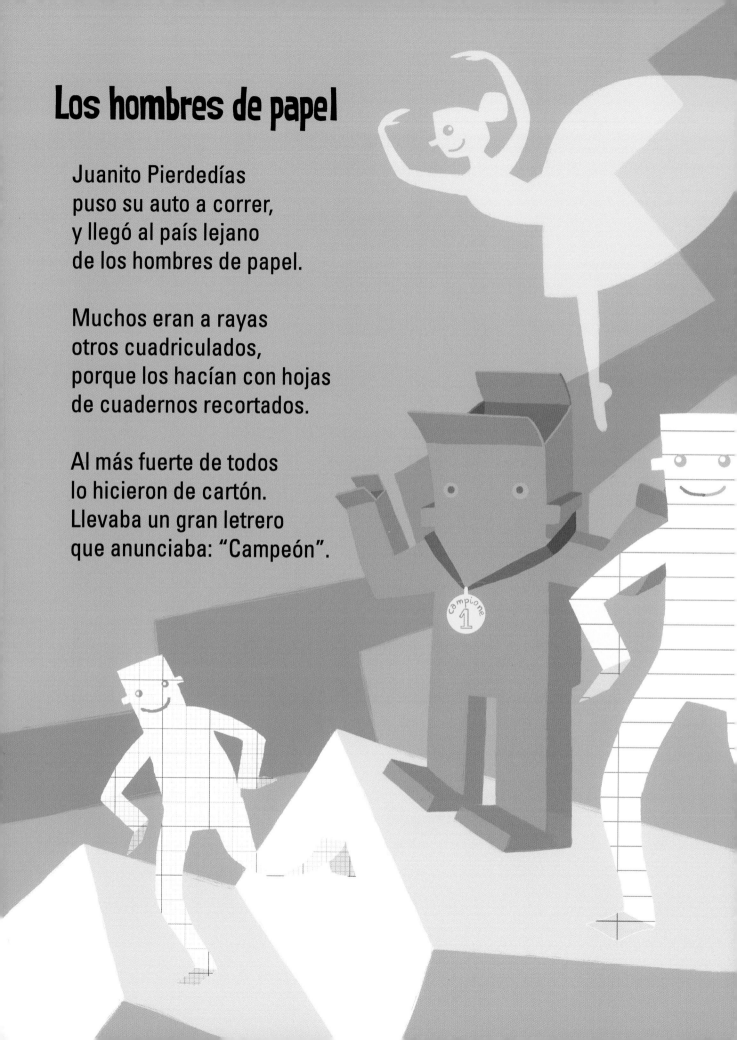

Y había una muchacha
hecha con la hoja más fina,
ligera como una pluma:
era una bailarina.

Las casas eran muy chicas,
de hojas coloridas,
y sus tejados, postales
pintadas por artistas.

Juanito suspiró:
—El papel no es muy caro...
darle una casa a todos
aquí no es nada raro.

Los hombres de tabaco

Juanito Pierdedías,
viajando con su saco,
terminó en un país
con hombres de tabaco.

La cara de estos hombres
en lugar de la nariz,
tenía una pipa larga...
¡Y fumaban por allí!

Cantidad de cigarrillos
humeaban sobre sus cabezas.
En vez de pelo se peinaban
nubecillas cenicientas.

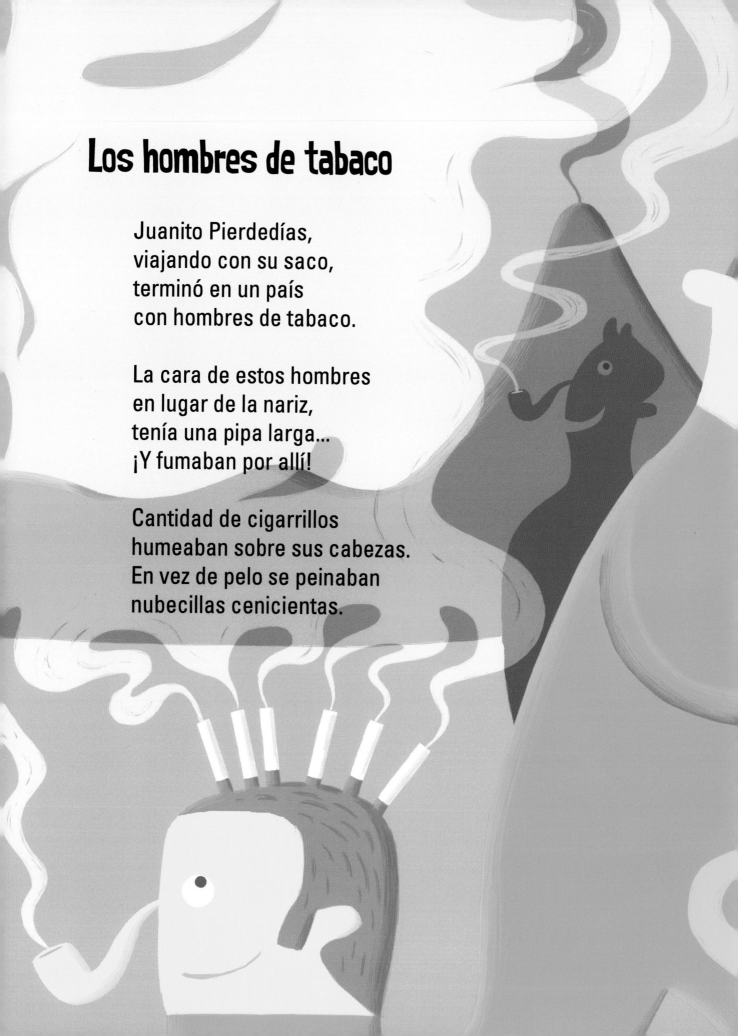

Tomaban solo humo
como almuerzo y como cena,
su atmósfera de humo
estaba siempre llena.

Hasta las montañas fumaban
aunque no eran volcanes,
y en los jardines no había flores
sino tabacos por montones.

Juanito Pierdedías
tosió sin parar:
—Hay demasiado humo...
¡y nada para merendar!

El país sin sueño

Juanito Pierdedías
volando sobre un leño,
llegó un día al país
de los hombres sin sueño.

En este increíble país
las camas no se conocían.
¿Y para qué hacerlas
si nunca nadie dormía?

En el día como en la noche
todos en pie, nadie quieto.
En su vida era impensable
perder un solo momento.

Trabajaban, se divertían,
conversaban sin descanso.
Si no había nada qué hacer
tocaban el contrabajo.

"Duérmete, mi niño",
no cantaban las madres aquí.
Sino: "Despierta, mi amor,
No es tiempo ya de dormir".

—Qué maravilla, qué bueno,
—los felicitó Juanito—.
Pero, me perdonarán,
voy a echarme un sueñito.

Los hombres al viento

Juanito Pierdedías,
en un barco muy lento,
llegó una vez al país
de los hombres al viento.

La gente a simple vista
parecía muy normal:
unos con sombrero, otros no,
nada se veía especial.

Pero cuando vino el viento,
apenas un rato después,
no saben lo que vio Juanito;
voy a decirles qué fue.

Vio a la gente darse vuelta
como si algo les ordenara
ir a correr con el viento
a donde él los llevara.

Y cuando giró el viento
y sopló en sentido inverso
montones de personas
lo siguieron sin esfuerzo.

Solamente Juanito
contra el viento caminaba,
pero vio que un transeúnte
desconfiado lo miraba.

"Será mejor que escape",
se dijo en ese momento.
"Aquí todos actúan
según les sople el viento".

El país del "ni"

Juanito Pierdedías
merodeando por ahí,
llegó una vez por azar
al raro país del "ni".

En este país indeciso
muy tímida era la gente,
no contestaban jamás
ni "sí" ni "no" claramente.

—¿Quieres pescado? —Ni.
—¿Quieres chuletas? —Ni.
A todas las preguntas
contestaban así.

"¡Qué gente más indecisa!",
pensó Juanito para sí.
—¿Quieren la paz? —Ni.
—¿Quieren la guerra? —Ni.

—Díganme por lo menos
si quieren vivir aquí.
Ellos bajaron los ojos,
y solo dijeron: —Ni.

Juanito Pierdedías
muy pronto se cansó:
—¡A este insulso país
digo tres veces "no"!

Juanito Pierdedías
perdió el tren del mediodía.
No quiere moverse y menos hablar.
¡Es tan agotador viajar sin parar!

No tiene un centavo, perdió su alcancía,
perdió la cabeza (pero estaba vacía).

Por más que la busca,
su gorra no encuentra,
y perdió también
las llaves de la puerta.

Olvidó sus papeles,
se extravió en la vía,
todo lo ha perdido...
¡excepto la alegría!